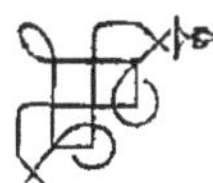

LES TROIS SŒURS

L'AMITIÉ, LA VOLONTÉ, LA VERTU

PAR

Mme LOUISE FOURNIER

PARIS
IMPRIMERIE DE J. CLAYE
7, RUE SAINT-BENOIT

1868

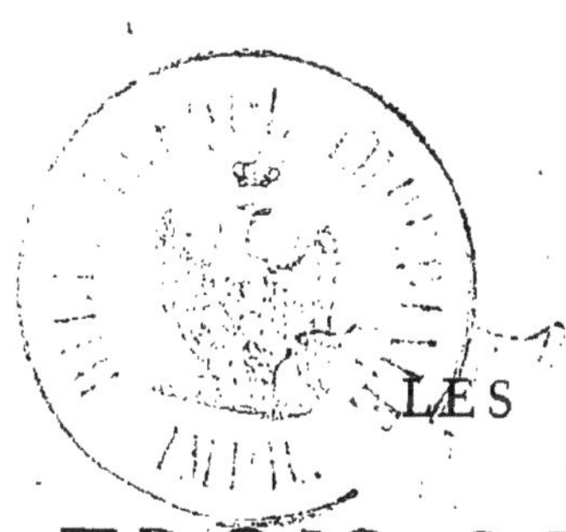

LES

TROIS SOEURS

LES

TROIS SOEURS

L'AMITIÉ, LA VOLONTÉ, LA VERTU

PAR

Mme LOUISE FOURNIER

PARIS
IMPRIMERIE DE J. CLAYE
7, RUE SAINT-BENOIT
1868

L'AMITIÉ.

L'AMITIÉ.

Idole des bons cœurs, du poëte et du sage,
Je ne puis me lasser de fixer ton image;
J'aime ton doux souris, ton bienveillant regard,
J'aime ta tendre voix, ta parole sans fard.

Reviens me visiter, fidèle et sainte amie;
Viens encor me bercer sur les flots de la vie,
Pour vivre j'ai besoin de ton divin secours,
A toi seule appartient de prolonger mes jours.

Maîtresse de mon cœur, de mon intelligence,
Viens à moi, nous saurons rire avec la souffrance.

En échange des fleurs qui tombent de ta main,
J'entonnerai pour toi mon plus charmant refrain.

La paix et le bonheur avec toi cohabitent,
La vertu, le courage, à tes côtés palpitent,
Avec toi je me sens dans un divin milieu,
Ta parole pour moi, c'est la manne de Dieu!

Compatissante sœur, bonté consolatrice,
Toi qui mets un nectar dans mon amer calice,
Laisse-moi t'avouer, dans un mol entretien,
Que je trouve, ici bas, qu'après toi tout est vain.

Que sont donc ces faux biens : la fortune volage,
La gloire et les honneurs? Un séduisant mirage
Par le flot orageux dans la nuit emporté.
Toi seule es le reflet de l'immortalité!

LA VOLONTÉ.

LA VOLONTÉ.

Puissante Volonté, fille de noble race,
J'aime ton front altier empreint de sainte audace,
J'aime ton fier souris, ton imposant regard,
J'aime ton bras nerveux et m'en fais un rempart.

Avec idolâtrie, avec excès je t'aime,
En toi je crois trouver une essence suprême;
Agent divin, tu sais sauvegarder les droits
De l'esprit sur les sens. Honneur à tes exploits!

Tu sais élever l'homme à la philosophie,
Tu rallumes les feux mourants de son génie;

Par ton pouvoir magique et tes secrets ressorts,
Tu pousses le cœur faible aux plus nobles efforts.

La force de ta main sait briser toute entrave,
A ta voix la nature obéit en esclave,
Le malade avec toi méprise sa douleur,
Et son corps affaissé retrouve la vigueur.

Mère de la vertu, des arts, de la vaillance,
Mère de l'héroïsme et de l'indépendance,
O toi qui sais combattre et qui ne te rends pas,
Sublime Volonté, soutiens mes faibles pas.

LA VERTU.

LA VERTU.

Quelle est cette ombre éblouissante
Qui vient s'asseoir à mon côté?
Sa robe de neige brillante
Remplit ma chambre de clarté.

Des lis blancs forment sa couronne,
Ses yeux brillent d'un feu divin,
Son front d'allégresse rayonne,
Un sceptre d'or est dans sa main.

Sa beauté n'a pas de rivale,
Ses traits sont pleins de majesté;

Sur sa trace un parfum s'exhale
Et m'enivre de volupté.

Sa voix, s'élevant douce et pure,
D'émoi fait tressaillir mon sein.
A mon oreille elle murmure
Le secret de son beau destin.

Elle me dit que sur sa tête
Le malheur lança tous ses traits,
Mais qu'au plus fort de la tempête
Son pas ne dévia jamais.

Elle supporta sur la terre
D'étranges peines et douleurs;
Son âme vécut solitaire,
Étouffa toutes ses ardeurs.

De son souffle impur et profane
Le monde ne put la flétrir;

Aussi sur son front diaphane
Les lauriers du Ciel vont fleurir.

Soudain, de la sainte colline
S'abaisse un pavillon d'azur;
Je vois une troupe divine
Qui vient lui rendre un culte pur.

Des séraphins et des archanges
Entonnent d'harmonieux chœurs,
Chantent à l'envi ses louanges
Et sèment sous ses pas des fleurs.

Ils chantent tous : « Reine chérie,
« Entends notre appel glorieux,
« Déserte ta froide patrie,
« Ton trône est dressé dans les Cieux.

« Viens, c'est ton heure triomphale,
« Nous savons le prix qui t'est dû;

« Aucun mérite ne t'égale,

« Tout pâlit devant la Vertu. »

PARIS. — J. CLAYE, IMPRIMEUR, RUE SAINT-BENOIT, 7.

J. Claye, imprimeur
S. Benoit 7 à Paris

www.ingramcontent.com/pod-product-compliance
Ingram Content Group UK Ltd.
Pitfield, Milton Keynes, MK11 3LW, UK
UKHW021927230726
13925UKWH00007B/2467

9 782019 258207